Reinhold und das Holzpferd

Historisch-fantastische Kurzgeschichte

für mich

Reinhold und das Holzpferd

Historisch-fantastische Kurzgeschichte

Topaz Hauyn

Besuchen Sie uns im Internet:
www.topazhauyn.de

ISBN: 9798428293425
Font: Alegreya
Coverdesign: Topaz Hauyn
Art: artisticco/Depositphotos.com

Tränen tropfen von Reinholds Kinn auf die Holzstücke
in seinen Händen, die einmal sein Holzpferd gewesen
waren. Sein Holzpferd, das er, mit den kleinen Rädern
an den Füßen, immer über den dicken Teppich gescho-
ben hatte. Räuber hatten sie gejagt, wilde Wettreiten ver-
anstaltet und dabei gemeinsam zum nächsten See, aus
Reinholds weißem Kopfkissen, galoppiert. Wie konnte
Windsturm, sein Pferd jetzt einfach zerbrechen? So fest
war es gar nicht gegen die Wand gefahren.

Reinhold kniete auf dem Boden vor dem gemauerten
Kamin und verstand nichts mehr. Beschützend hielt er
die Überbleibsel seines Holzpferdes Windsturm in der
Hand. Jede neue Träne, die auf das dunkle Holz tropfte,
hinterließ einen schwarzen, verschwommenen Fleck.

Schwere, schlurfende Schritte, die zu Reinholds Kinderfrau Frau Waldfels gehörten, schreckten ihn aus seinen Tränen auf. Faltige Hände erschienen verschwom-
men vor Reinhold und griffen nach dem abgebrochenen
Rad und dem Holzkopf von Windsturm.

Frau Waldfels wollte ihm sein Pferd stehlen!

Reinhold packte die Teile fester, drückte sie an seine

Brust und versuchte sie im Ausschnitt seines weißen Hemdes zu verstecken.

»Gib her«, forderte Frau Waldfels. »Das Holz gehört ins Feuer.«

»Nein«, brüllte Reinhold.

Die Hände verschwanden.

Stattdessen sah er den blauen Rock von Frau Waldfels Kleid vor sich und sah, als er nach oben schaute, ihr strenges Gesicht und ihre in die Hüften gestemmten Hände.

Bevor sie ihre Strafpredigt über Gehorsam beginnen konnte, rutschte Reinhold rückwärts zu seinem Himmelbett. Er warf die Einzelteile seines Pferdes darunter. Dorthin würde seine Kinderfrau niemals gehen. Vorher ließ sie die Diener kommen und das Zimmer putzen.

Das Holz polterte laut auf die Holzdielen. Das Rollen wurde leiser und außer dem Knistern des Feuers war nur noch das Schnauben von Frau Waldfels zu hören.

Reinhold hoffte, dass Frau Waldfels noch anderes zu erledigen hatte, als sein Holzpferd zu verbrennen.

Trotzig starrte Reinhold zurück und drückte sich gegen das Seitenbrett seines Bettes. Er streckte seine Arme zu den Seiten aus. Niemals würde er seinen Freund freiwillig hergeben. Sicherlich gab es eine Möglichkeit ihn zu heilen.

*

Reinhold blieb vor seinem Bett sitzen und beobachtet Frau Waldfels, bis sie das Zimmer verließ.

»Du bekommst ein neues Holzpferd«, sagte Frau Waldfels.

Dann zog sie die Tür ins Schloss. Es klickte laut und übertönte das Knacken des verbrennenden Holzes im Kamin.

Weinend und schreiend sank Reinhold sich vor seinem Bett zu einem Häuflein zusammen und schlang seine Arme um seine aufgestellten Knie.

Langsam beruhigte er sich.

Sein geliebtes Holzpferd war tot. Papa hatte es ihm geschenkt bevor er auf seine lange Reise fortgegangen war.

Doofe Erwachsene.

Niemals würde er es gegen ein neues Spielzeug eintauschen und einfach vergessen.

Mit klopfendem Herzen saß Reinhold auf dem weichen Teppichboden und lehnte an das harte Holzbrett seines Bettes. Er fühlte sich schwer und müde an. Gerade so als wäre er krank. Aber ins Bett wollte er jetzt nicht gesteckt werden.

Vom Flur hörte Reinhold noch eine Weile das dumpfe Klappern von Frau Waldfels Schritten. Dann das Quietschen eines Stuhles. Schließlich war es still.

Sein Zimmer war ihm zu warm mit dem Feuer.

Reinhold wischte sich den Schweiß von der Stirn. Dann drehte er sich um und legte sich flach auf den Bauch, auf den weichen Teppichboden. Er späte in das Dunkel unter seinem Bett.

Langsam gewöhnten sich seine Augen daran und er erkannte die Umrisse seines kaputten Holzpferdes. Sie lagen zwischen vielen Staubwolken und anderen, unbekannten Formen.

Reinhold tastete mit seinen kleinen Händen nach den Holzstücken.

Er kam nicht an.

Dann kroch er Stück für Stück unter das Bett. Der Teppich hörte auf. Er spürte den kalten Boden durch den Hemdstoff an seiner Brust.

Gänsehaut stellte sich auf seinen Armen und seinem Rücken auf. Vielleicht war das Feuer doch gut.

Reinhold nieste von dem Staub. Davon wirbelte mehr Staub auf. Er sah nichts mehr in dem Durcheinander. Blind tastete Reinhold weiter nach seinem Pferd und dessen Bruchstücken.

Das Holzbrett, unter dem er durchkroch, schrammte über seinen Rücken.

Schließlich spürte er die Holzstücke unter seinen Fingerspitzen. Sie waren noch warm von seiner schützenden Umarmung. Freudig griff Reinhold nach dem ersten Teil, stand auf und knallte mit dem Rücken gegen das Holzbrett des Bettkastens und mit dem Kopf gegen ein weiteres Brett, auf dem die Matratze lag.

Schmerz überflutete Reinhold.

Tränen schossen ihm in die Augen.

Er biss sich auf die Lippe, um nicht zu schreien, denn sonst würde Frau Waldfels sofort wiederkommen. Schließlich war sie nur bis zum Ende des Flurs gegangen. Dorthin, wo sie immer saß und irgendwelche Stickarbeiten machte, wenn sie nicht nach ihm oder seiner Schwester sah.

Reinhold schluckte, atmete möglichst flach und blieb liegen, wo er war.

Langsam legte sich der Staubnebel.

Sein Kopf pochte vor Schmerzen und sein Rücken brannte.

Reinhold kroch weiter, um das nächste Teil seines Holzpferdes einzusammeln. Die Kälte vom Boden ließ seine Knie frieren. Als er alle Teile hatte, kauerte er schließlich ganz unter dem Bett. Es war höher hier unten, als er gedacht hatte. Seine verloren geglaubte Glasmurmel hatte Reinhold auch wiedergefunden.

Er drehte sich um, um aus der dunklen Höhle unter seinem Bett zurück in sein Zimmer zu kriechen, dass als heller Streifen rundherum zu ihm hereinschimmerte.

Die Wärme des Zimmers war wie eine Wand, gegen die Reinhold, aus seiner Höhle heraus, ankroch. Warm und verlockend, aber die Wärme machte seine Arme noch schwerer als sie bereits waren. Zuerst wurde sein Gesicht wieder warm, dann seine Schultern und sein Rücken, der sofort noch mehr weh tat als vorher.

Vielleicht sollte er einfach in seine Höhle zurückkehren und dort bleiben?

Die eckigen Holzstücke zwischen seinen Armen piksten ihn in seine Oberarme. Die Höhle war zu niedrig und zu dunkel um seinen Freund wieder zusammenzusetzen.

Reinhold kroch weiter.

Schließlich lag Reinhold wieder ganz auf dem Teppich vor seinem Bett. Zusammen mit den Resten seines Holzpferdes hatte er seine blaue Glasmurmel und viele Staubwolken mit hervorgebracht.

Er wischte sich mit dem Ärmel seines weißen Hemdes den klebrigen Staub vom Gesicht. Staunend schaute er auf seinen schwarzen Ärmel und dann an seinem Hemd herab: Schwarzgrau und schmutzig.

Das geschah Frau Waldfels recht, dass sie jetzt mehr schmutzige Kleider zu waschen hatte.

Grinsend griff Reinhold nach seinem Pferd. Wie bei seinem Holzpuzzle setzte er das Pferd Stück für Stück zusammen. Dann ließ er die Vorderbeine los um es am Rücken besser festhalten zu können. Die Hinterbeine und der Schweif wollten einfach nicht dort bleiben, wo er sie hinsteckte.

Mit einem leisen Plumps landeten die Vorderbeine und der Kopf auf Reinholds Schoß. Wütend starrte Reinhold auf die wieder abgefallenen Teile. Sie passten doch so gut zusammen! Warum konnten sie nicht zusammenbleiben wie bei seinem Holzpuzzle von der Kutsche?

Reinhold drehte sich, um zu dem kleinen Tisch neben dem Kamin hinüber zu schauen.

Das Feuer knisterte, als freue es sich, dass er herübersah.

Sein Holzpuzzle lag auf dem Tisch. Komplett zusammengebaut. Es zeigte eine grüne Kutsche mit Kurven. Hoffentlich würde er im Winter auch so eine Kutsche bekommen zum durch den Schnee sausen.

Reinhold hob die Teile seines Pferdes hoch, die er zusammenhalten konnte. Das Holz roch jetzt staubig.

Das Holzpuzzle war flach und lag auf dem Tisch. Vielleicht, wenn er sein Pferd auf den Boden legte und es dort zusammenbaute?

Reinhold spreizte seine Beine, um Platz vor sich auf dem Teppich zu haben. Er legte das Pferd hin und versuchte erneut, die Teile zusammenzustecken. Stück für Stück kam er voran. Es klappte, obwohl manchmal ein kleines Stück wieder abfiel, wenn er das Pferd bewegte, um ein anderes anzustecken.

Bauchweh breitete sich in ihm aus. Reinholds Magen knurrte.

Er schnupperte. Der Duft von Semmelknödeln mit Pilzsoße war in sein Zimmer eingezogen. Bald gab es Essen.

Reinhold liebte Semmelknödel aus dem alten Brot. Dann war es wieder so schön weich. Außerdem war leckerer Schnittlauch mit hinein gerührt. Nur diese schwammigen Pilze, die mochte er nicht. Er schüttelte sich.

Reinhold puzzelte schnell an seinem Pferd weiter. Frau Waldfels durfte es nicht finden, wenn sie ihn zum Essen holte. Sie würde es nur wieder wegwerfen wollen.

Reinhold hörte bereits ihre dumpfen Schritte auf dem Flur näher kommen.

»Poch«, klopfte es an der Tür.

Mit leisem Quietschen, das Reinhold so vorkam, als würde die große Glocke in der Kirche schlagen und er stünde direkt daneben, wurde die Türklinke heruntergedrückt.

Mit aufgerissenen Augen starrte Reinhold sein Pferd an, das fast fertig war. Wohin damit?

Er sprang auf und fegte das Pferd und die Murmel zurück unters Bett. Dann sprang er zum Tisch mit dem Puzzle und nahm ein Stück davon in die Hand. Frau Waldfels sollte denken, dass er nicht mehr an das Pferd dachte.

»Essen ist fertig«, sagte Frau Waldfels Stimme hinter Reinhold.

Er schluckte und nickte. Hoffentlich sah sie nicht unters Bett.

Reinhold legte das Puzzleteil zurück ins Puzzle, stand auf und ging zur Türe.

»Wie siehst du denn aus!«, japste Frau Waldfels.

Reinhold sah an ihrem blauen Rock hoch in ihr Gesicht, vor das sie ihre Hände geschlagen hatte. Er zuckte mit den Schultern.

»So kannst du nicht essen. Zuerst gibt es frische Kleider«, sagte Frau Waldfels und ging an ihm vorbei zur großen Truhe mit den Kleidern. »Ausziehen!«, befahl sie.

Frisch angezogen mit sauberen Kleidern, einem warmen Bauch voller Knödel und wieder in seinem Zimmer, sah Reinhold sich um.

»Mach das Holzpuzzle weiter«, sagte Frau Waldfels, bevor sie die Türe leise schloss und zu ihrem Stuhl im Flur hinunterging.

Reinhold dachte gar nicht daran, das Holzpuzzle nochmals zu machen. Er würde sein Pferd heilen.

Er schlüpfte aus seinen Schuhen und ging in Strümpfen zu seinem Bett. Nur keinen Lärm machen, sonst kam Frau Waldfels wieder herein, so wie vorhin, als er das zerbrochene Pferd betrauert hatte. Vorsichtig sah er über die Schulter zur Tür und lauschte. Keine Schritte im Flur. Gut, sie hatte ihn nicht gehört. Dabei sah er seine Schuhe. Sie standen im Weg. Wenn er sie nicht wegräumte, würde sie darüber stolpern.

Seufzend drehte er sich um, und ging zurück zu seinen Schuhen. An den Schnürsenkeln hob er sie hoch und trug sie zur Seite. Er überlegte, wie er die Einzelteile seines Pferdes miteinander verbinden konnte. Schnürsenkel vielleicht?

Statt die Schuhe nebeneinander zu stellen, fädelte er die Schnürsenkel heraus und ließ sie fallen.

Mit dem neuen Werkzeug in der Hand schlich er zum Bett zurück und holte die Einzelteile wieder darunter hervor.

Mühsam und geduldig setzte Reinhold den Kopf an den Hals und umwickelte beide Teile. Dann setzte er den Rumpf daran. Die großen Teile ließen sich mit den groben Schnürsenkeln zusammenbinden. Der Schweif und die schlanken Beine waren dünn und rutschen immer wieder durch seine Knoten und Schlaufen davon.

Suchend sah Reinhold sich in seinem Zimmer um. Die Kordel am Vorhang war dicker. Das Band am Halsausschnitt seines Nachthemdes ebenfalls. Da fiel ihm Mamas Stickgarn ein. Das war fein und hauchdünn. Damit müsste es gehen. Nur wie sollte er das bekommen? Mama bewachte ihre Handarbeit sehr genau, seit er einmal ein großes Durcheinander daraus gemacht hatte.

Aber vielleicht hatte er Glück und sie stickte heute nicht?

Es war nicht sehr wahrscheinlich, schließlich stickte Mama immer. Aber er konnte es immerhin versuchen, oder sich unterwegs etwas ausdenken.

Er versteckte das halb zusammengebaute Pferd und die übrigen Teile auf dem neu entdeckten Absatz unter dem Bett. Mama durfte er erst heute Abend in ihrem Sonnenzimmer besuchen, um gute Nacht zu sagen. Da gab es keine Chance an einen Seidenfaden zu gelangen, denn Mama und seine Kinderfrau schauten nur auf ihn.

Hoffentlich erwischte ihn niemand, wenn er gleich ging. Die letzte Tracht Prügel dafür, dass er sich etwas Süßes aus der Küche geholt hatte und von der Köchin gesehen worden war, spürte er noch immer schmerzhaft beim Sitzen. Automatisch rieb er sich mit der Hand über den Hintern.

Reinhold späte zu seiner Zimmertür hinaus.

Alles leer. Sogar der Stuhl, auf dem Frau Waldfels sonst saß.

Leise schlich er die Treppen hinunter und durch das Haus. Er lugte um Ecken, drückte sich schnell hinter Pflanzen und Vorhänge, um Dienstboten auszuweichen und stolperte gerade rechtzeitig in eine Nische, um seiner Mama zu entgehen, die zur Tür des Sonnenzimmers herauskam. So ein Glück, sie wollte gerade woanders hingehen.

Laut pochte Reinholds Herz. Er presste seine Hände auf die Brust und späte nach allen Seiten. Hoffentlich hörte keiner sein Herzklopfen.

Mama ging den Gang hinunter und verschwand um die Ecke, die zum Austritt führte. Jetzt oder nie. Sie würde sicher nicht lange wegbleiben.

Reinhold schlüpfte in das Sonnenzimmer. Mamas Stickkorb stand am Fenster.

Er rannte über den dicken Teppich.

Vor dem Korb blieb er stehen und zog das erste Knäuel heraus, das oben lag, stopfte es sich in seine Hosentasche und rannte zu Tür zurück. Die Hand auf der Klinke hörte er Schritte im Flur näher kommen. Reinhold zog seine Hand zurück und presste sich an die Wand neben der Tür.

Was nun?

Ein Versteck gab es hier nicht.

Die Tür öffnete sich. Heiß brannte das erbeutete Garn in Reinholds Hosentasche.

»Frau zu Marmelstein«, hörte Reinhold seine Kinderfrau rufen.

Er hörte auch das Klappern ihre schweren Schritte, die eilig näher kamen.

Die Tür schloss sich wieder und Reinhold lauschte.

»Reinhold ist verschwunden. Schon wieder. In der Küche habe ich bereits gesucht. Ich war nur kurz bei

Ursula im Nebenzimmer, schon war er weg«, jammerte Frau Waldfels.

Beide Frauen gingen los, um nach ihm zu suchen. Vor dem Zimmer wurde es still.

Noch.

Bald wären alle Diener auf der Suche nach ihm. Reinhold dachte an die einzige Treppe, die in sein Zimmer im Kinderflügel führte. Dorthin würde er es nicht mehr unauffällig schaffen. Aber vielleicht gelang es ihm in den Stall zu kommen? Bei seinem Pferd erwischt zu werden war weniger schlimm, wie in der Küche Süßigkeiten zu naschen oder durchs Haus zu schleichen. Dann wüssten alle, dass er etwas im Schilde führte, was er nicht durfte.

Gut, zu seinem Pferd in den Stall durfte er auch nicht alleine gehen, aber immerhin war es sein Pferd. Und sein Vater hatte immer gesagt, ein Mann musste nach seinem Pferd schauen.

Reinhold grinste bei der Erinnerung daran. Er hasste Pferde. Und seines sowieso. Es war so groß und schnaubte ihn an sobald er um die Ecke kam. Nichteinmal eine Hand voll Hafer hatte bisher für freundlichere Begrüßungen gesorgt.

Reinhold drückte die Türklinke des Sonnenzimmers herunter und rannte so schnell er konnte durch den Korridor, hinten die schmale Treppe hinunter und zur Hintertür hinaus.

Hinter sich hörte er erste Rufe im Kinderflügel. Als ob er sich unter dem Bett verstecken würde, oder bei Ursula. Erwachsene konnten echt blöd sein.

Reinhold rannte über die festgestampfte Erde im Hof, wich einem Pferdeapfel aus und quetschte sich durch die angelehnte Stalltüre. Die warme Stallluft roch nach Stroh und Pferdeäpfel. Im Dämmerlicht hörte er die

Pferde wiehern. Mit dem Fuß stieß er an einen Heuhaufen und stolperte hinein.

Gerade als er sich aufsetzte und das Heu von den Ärmeln klopfte, quietschte die Stalltüre und helles Sonnenlicht fiel herein. Genau auf ihn. Mit einem Schatten.

Seine Mutter stand in der Tür.

»Reinhold«, rief sie und stemmte die Hände in die Hüften. Kein gutes Zeichen.

»Ja, Mama?«, antwortete er, noch ein klein wenig atemlos, was sie glücklicherweise nicht zu bemerken schien.

»Was tust du hier? Du weißt doch, dass du nicht alleine zu deinem Pferd laufen sollst. Warum hast du Frau Waldfels nicht mitgenommen?«, fragte seine Mutter, bevor sie ihn an der Hand fasste. »Komm, ich bringe dich zurück ins Haus. Du hast in deinem Zimmer zu bleiben, solange dir nichts anderes erlaubt wird.«

Sie schimpfte den ganzen Weg zurück und listete ihm alle Regeln, an die er sich zu halten hatte, nochmals auf.

Am Fuß der Treppe kam ihnen Frau Waldfels entgegen.

»Hier ist Reinhold. Schauen Sie nächstes Mal gleich im Stall nach. Sie wissen doch, wie sehr er sein Pferd liebt«, rügte Mama seine Kinderfrau, was Reinhold sehr zufrieden zur Kenntnis nahm. Unter einer ausdruckslosen Mine versteckte er erfolgreich sein Lächeln.

Seine Mutter hatte keine Ahnung wie sehr er sein Pferd hasste. Nur weil Papa sein Pferd liebte und es, wenn sie es erlaubt hätte, sicher mit ins Haus bringen würde, stimmte das für ihn noch lange nicht. Er liebte sein Holzpferd.

Er steckte seine Hände in die Hosentaschen und tastete mit den Fingerspitzen nach der Garnrolle, die er erwischt hatte. Ein Erfolg. Und ihm waren noch keine Prügel versprochen worden. Das machte seinen Ausflug gleich zweimal erfolgreich.

»Und du Reinhold«, wandte sich Mama wieder an ihn: »Von dir will ich in den nächsten Wochen keine Unartigkeiten mehr hören. Nimm dir ein Beispiel an dem guten Benehmen deiner großen Schwester. Ursula weiß, was sich gehört und rennt nicht einfach so in den Stall. Bis heute Abend.«

Gräfin zu Marmelstein winkte mit ihren Fingerspitzen Richtung Treppe und zeigte Reinhold so, dass er entlassen war. Schnell rannte er die Stufen hinauf. So richtig glauben konnte er es noch nicht. Hausarrest, keine Prügel? Nur schnell weg, bevor Mama es sich noch anders überlegte. Hinter sich hörte er Frau Waldfels schnaufen, bei dem Versuch ihm genauso schnell zu folgen, um ihn nicht wieder unterwegs zu verlieren.

Den restlichen Nachmittag wurde er nicht mehr alleine gelassen. Frau Waldfels setzte sich zu ihm ins Zimmer. Gezwungenermaßen machte er das Holzpuzzle nochmals. Und dann nochmal und nochmal. Vielleicht wären die Prügel doch die bessere Strafe gewesen? Zumindest wären sie schneller vorbei gewesen.

Erst spät am Abend, nach dem Gute Nacht wünschen im Sonnenzimmer, konnte Reinhold sich wieder an die Reparatur seines Holzspielzeuges machen.

Reinhold setzte sich neben die Glut im Kamin.

Im schwachen Zwielicht der Holzreste breitete er die übrigen Teile und das mit Schnürsenkeln verbundene Holzpferd vor sich aus.

Die Seide war dünn und glatt. Immer wieder schlüpfte sie ihm durch die Finger. Nach vielen Versuchen glückte es ihm Schlaufen zu knoten, die er anschließend festzog und so das Pferd Stück für Stück vervollständigte. Am Ende hatte es mehr Ähnlichkeit im einem unförmigen Geschenk, dass von schwarzen und roten Bändern umwickelt war.

Reinhold war glücklich. Mit dem Pferd im Arm schlief er auf dem Boden ein.

ENDE

Leseprobe: Schneeflocke in Rot, Grün, Lila

Steffen sah von den Hausaufgaben auf und aus dem Fenster. Der Himmel hing voller grauer Wolken.

»Wann schneit es endlich?«, fragte Steffen in die Stille

des Aufenthaltsraumes hinein.

Martin, einen Tisch weiter in Physik vertieft, hob den Kopf: »Wenn es kalt genug ist. Bei sieben Grad regnet es.«

Sina, die Steffen gegenüber saß, schaute auf, zuckte mit den Schultern und sagte: »Vielleicht ist die Pechmarie gerade bei Frau Holle?«

Alle lachten. Sogar Martin.

»Du meinst Paula? Mit ihren schwarzen Haaren und ihrem ständigen, ach meine Fingernägel, würde sie für die Rolle passen«, fügte Sina hinzu.

Das Lachen wurde lauter. Nach ein paar Minuten verebbte es. Dann wandten sie sich wieder den Hausaufgaben zu. Freistunden mussten genutzt werden, dann war der Nachmittag frei für schönere Vergnügungen, fanden die Schüler der siebten Klasse.

Ende der Leseprobe aus »Schneeflocke in Rot, Grün, Lila«

Weitere Bücher

Zaubern und entdeckt werden, oder ducken und Keramiktöpfe am Fließband kontrollieren?

Hexen, Gestaltwandler, Eulen, sie alle arbeiten am Fließband. Für die Menschen. Am Rande der Gesellschaft.
Na'ka, eine Hexe, scannt jede Nacht weiße Keramiktöpfe. Als Qualitätskontrolle.
Na'ka kann zaubern. Und jeder Wunsch kann eine Falle sein. Eine Falle von den Menschen auf der Suche nach den letzten Hexen.

Eine gruselig, magische Geschichte. Fantasie oder Realität? Wer kann das am Fließband sicher sagen?

Eine Bewerbung.
Eine Antwort.
Eine Familientradtion.

Die rote, staubige Marsluft vor dem sechseckigen Fenster. Die heiße Atmosphäre in Miraniums Zimmer. Der Klingelton, der durch die langen Gänge aus Marsstein hallt.

Wunschauswerterin?

Niemals, sagt Miraniums Vater. Der Bote, mit der Bewerbungsantwort klingelt zum dritten Mal an der Haustüre.

Sie muss warten, bis sie gerufen wird. Warten, wie ihr Vater entscheidet.

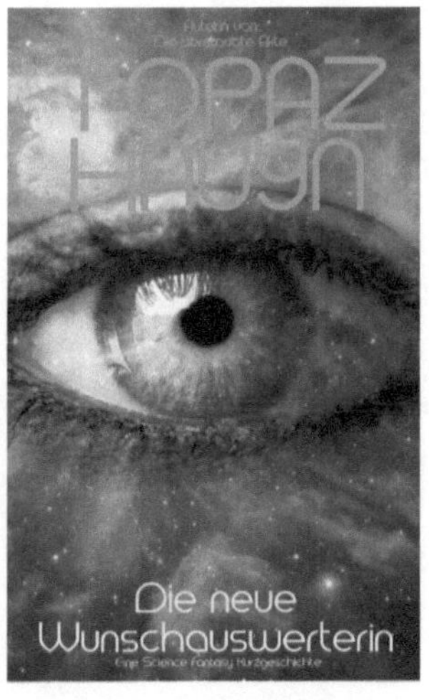

Eine fantastische Geschichteauf dem Mars. Wird sie Wunschauswerterin? Entgegen der Familientradition?

Fantasy

Raffaels Mangasammlung
Der Schneesturm
Schwebendes Fundament
Magisches Parket
Ein Tropfen Leben
Erika trifft Pegasus
Wider dem Traum
Lazars Vergeltung
Der, die, das Monster
Drachenverträge
Verpasst
Hexe im Wolfsfell
Die Sandriesen der Traumsandwerke
Erwartete Verkaufszahlen
Sandige Versuchung (An den Ufern des Luzik)
Die neue Wunschauswerterin
Kontrabass und Killerwal

Brennnesselfluch Serie
- Entführt (#1)
- Enterbt und Verflucht (#2)
- Geburtstagsgeschenk (#3)
- Schülerin falsch (#4)
- Brennnesselfluch (#5 Roman)
Die Spindel über der Erde
Spindel der Vergangenheit
Erbe: Haus, Schmuck, und Gespenst
Silber und Aluminium
Eine Kugel aus Schaum (Bubble Worlds)
Schneeflocke in Rot, Grün, Lila
Einhorn auf Abenteuersuche
Reinhold und das Holzpferd (Vampir Reinhold)
Soldat auf Brautschau
Warndreieck zu Halloween
Verlassener Museumsplatz

Romance

F/F, Lesbische Romantik
Rotes Marzipan
Verliebt im Freibad
Erster Kuss im Wald
Flirt auf rotem Briefpapier
Romantik am Morgen
Testperson gesucht: Portal der Verführung
Unterricht in der Liebe
Eine neue Gelegenheit (Collection)
Das Sternpaar der Liebe

M/M, Gay Romantik
Liebe trotz verbranntem Essen
Phillip, küss mich
Gesucht: Die Lust zu Verführen
Kunstsprung der Liebe
Unter der Freibaddusche
Verliebt in den Koch
Eine Schneeflocke zum Verlieben
Liebe zum Genießen (Collection)
Prioritäten der Liebe (Roman)